Walter Vogel

Deutschland

Die frühen Jahre

Walter Vogel

Deutschland

Die frühen Jahre 1951–1969

Mit 118 Abbildungen in duotone

Einleitung von
Barbara Sternthal

Verlag Christian Brandstätter · Wien

Einleitung

I Anfänge

Als Walter Vogel im Jahr 1932 in Düsseldorf zur Welt kam, stand Deutschland am Anfang vom Ende. Als Walter Vogel 18 Jahre später mit dem Abbilden der Welt begann, war Deutschland gerade im Begriff, sich langsam wieder empor zu arbeiten.

Die Spuren des Kriegs waren zu dieser Zeit noch längst nicht restlos beseitigt: Im Jahr 1951 – Konrad Adenauer regierte das Land seit zwei Jahren –, als Walter Vogel Geld für seine erste große Radtour verdiente und als Zeitungsbote im Düsseldorfer Stadtteil Rath arbeitete, wohnte ein Teil seiner Kundschaft noch im Bunker: ›Für einen Jungen, der mit dem Fahrrad herumsauste, Licht und Sonne gewohnt, war dies ein ziemlich elendes Erlebnis. Endlose Gänge. Höhlenmenschen. Es stank nach Urin und angebranntem Essen. Was man gemeinhin als Wohnung, unter Postanschrift versteht, reduzierte sich dort auf ein namenloses Gatter, zu dem man sich durchfragen mußte. Noch zehn Jahre nach dem Krieg haben sie dort gelebt, zwischen ihren Kisten, in aufeinandergetürmten Betten, zusammengepfercht auf wenige Quadratmeter.‹ In seinen ersten Photographien hielt Walter Vogel mit unbestechlicher Klarheit fest, wo das Wirtschaftswunder nicht stattfand. Wo die Idyllen wohl nicht einmal erträumt wurden. Keine falsche Romantik ist in diesen frühen Bildern zu finden. Derartiges ist, das sei vorweggenommen, niemals in Walter Vogels Photographien zu sehen.

Zwischen dem prosperierenden Wirtschaftswachstum und jener eben beschriebenen Tristesse entwickelte sich der Mittelstand der Klein- und Vorstädte, der sorgsam angelegten kleinen Gärten, der ersten Urlaubsreisen oder zumindest jener Mittelstand, der sich Ausflüge leisten konnte, wo es ausreichend zu essen gab für die ganze Familie. Die kleinen Dinge wurden bezahlbar: Kino und Jahrmarkt, Zirkus und Gasthaus. Bescheidene Vergnügungen auf dem Weg zur Normalität. Der ›Wirtschaftswunderstil‹ mit Nierentisch und erstem Fernsehapparat, mit Petticoat, Jazz und Rock 'n' Roll, zaghaftem Designbewußtsein und Fertigteil-Resopalmöblierung hielt Einzug und ersetzte solide Bürgerlichkeit. Gediegen – dieses Wort beschreibt vielleicht am besten das gesellschaftliche Klima der fünfziger Jahre in der Bundesrepublik Deutschland. Die Ära Adenauer war weder Nährboden noch Ferment für soziokulturelle Neuerungen.

In den fünfziger Jahren wurden Deutschlands Städte wiederaufgebaut, architekturtheoretische Diskussionen wurden bundesweit geführt: modern-funktionalistisch kontra historisch orientiert. Und man arrangierte sich mit den neuen Erfordernissen: 1950/51 entstand in Düsseldorf das erste Parkhaus Deutschlands, eine Hommage an die Amerikanismen des Wirtschaftswunders hingegen war Helmut Hentrichs und Hubert Petschniggs Düsseldorfer Thyssen-Hochhaus. Helmut Hentrich war 1961 einer der ersten Auftraggeber Walter Vogels: Dank eines Kontaktes, hergestellt durch die damalige Freundin des Photographen, photographierte Vogel noch vor seinem Eintritt in die Folkwang-Schule nicht nur das Thyssen-Hochhaus, sondern auch eine Reihe weiterer Verwaltungsbauten aus dieser Zeit. DM 30,– pro Bild gab es als Honorar, die Ausrüstung – eine Hasselblad – war vom Architekten geliehen. Bescheiden die Mittel, eine Herausforderung der Auftrag.

Kontrapunktisch zur gesellschaftlichen Situation der fünfziger und frühen sechziger Jahre entfaltete sich das kulturelle Leben Deutschlands. War das Populäre – hier vor allem Schlager und Film, aber auch traditionelles Theater und die Oper – nahezu vollständig darauf ausgerichtet, schön, gut und wahr zu sein, mithin Idyllen zu evozieren, Realität zu verniedlichen und also der Wirklichkeit zu entfliehen, wurden die Aktivitäten der Galerien und Theater zu öffentlich diskutierten Skandalen, waren Opposition zum in erster Linie um wirtschaftliche Konsolidierung bemühten Zeitgeist.

Nach den Jahren der Gleichschaltung wurde die darstellende Kunst wieder gesellschaftskritisch. Die Theater entwickelten sich vom Musentempel zur Werkstatt.

Nicht nur Malerei und Plastik rückten ins Zentrum des Interesses, auch die Photographie tat es. Die photokina in Köln wurde gegründet, und im Juli 1951 organisierte Walter Vogels späterer Lehrer Otto Steinert die Ausstellung *subjektive fotografie* in Saarbrücken.

Und was in Walter Vogels Düsseldorf passierte, liest sich wie ein Who's who der Gegenwartskunst. Vor allem die Galerie Schmela, in der Vogel unter anderem frühe Joseph-Beuys-Aktionen photographierte, zählte zu den innovativsten und mutigsten Galerien Deutschlands.

II Walter Vogel

In dieser Epoche begann Walter Vogel als Photograph zu arbeiten. Zuerst mit der ›spontanen Naivität, die allein dem Amateur zu eigen ist‹, später, nach seinem Eintritt in die Folkwang-Schule Otto Steinerts Anfang der sechziger Jahre, mit absoluter Professionalität, aber ohne den Verlust des klaren Blicks.

Vogels Ausstattung war bescheiden – es fehlte an Geld. Der Beginn waren eine Zeiss Ikon Super Ikonta und eine Akarette, ›deren robuster Körper auch die strapaziöseste Tour schadlos überstand‹. Und strapaziöse Touren gab es viele, sie fanden in erster Linie am Fahrrad statt, das half, den Radius der Motive geographisch zu erweitern.

Im Jahr 1954 konnte sich Vogel erstmals eine Leica II f kaufen: Mark für Mark zusammengespart für eine einzige Kamera mit Normalbrennweite. Im Badezimmerspiegel des elterlichen Hauses hat sich Walter Vogel mit diesem Modell aus dem Jahr 1953, das er bis 1956 in Gebrauch hatte, voll Stolz selbst porträtiert. Der Leica blieb Walter Vogel über die Jahre treu: die M 2 war seine wichtigste Reportagekamera, mit der er in den sechziger Jahren die Themen Zirkus, Ruhrgebiet und die Kunstszene in Düsseldorf photographierte; die Leicaflex SL 2 stellte sich als ideal für die Indoor-Photographie heraus, die Leicaflex SL 2 Mot benutzte er ab dem Ende der siebziger Jahre und tut das bis heute. Eine Leica M 5 begleitete ihn als wesentliche Reportagekamera in die USA, nach Paris und nach Asien.

Eine Dunkelkammer hatte sich Walter Vogel im elterlichen Haus bereits früh installiert. Der ›Schwarzweiß-Rigorist und Fanatiker der Dunkelkammer‹, wie ihn viele Jahre später Peter Sager in einem Artikel in der *Zeit* nennen sollte, begann bereits um 1950, seine Photographien selbst auszuarbeiten. Jeder Abzug individuell, jedes Bild ein Universum für sich. Gradation, Körnigkeit – nach fünfzig Jahren Erfahrung in der Dunkelkammer ist Walter Vogel nicht nur virtuos, vor allem ist er unverändert kompromißlos, was die Qualität seiner ausgearbeiteten Bilder betrifft. Sämtliche in diesem Buch abgebildeten Photographien hat Walter Vogel eigenhändig hergestellt. Die Technik natürlich wurde verfeinert, nicht nur im eigenen Handwerk, sondern auch in den Materialvoraussetzungen, die im Lauf der Jahrzehnte immer wieder auf den letzten Stand gebracht wurden.

Der Ablauf photographieren – ausarbeiten bleibt geradezu ritualisiert: Erst die Reise, die Reportage, euphorisiert durch das Erlebte und Gesehene, Aussicht auf eine lohnende Ausbeute – und dann die Qual in der Dunkelkammer, diese ans Licht zu bringen: erst eine adäquate Ausarbeitung vermag die Einzigartigkeit des Momentes auf dem Abzug wiederzugeben: ›Eine Schinderei, die keiner sieht, für die sich niemand interessiert, die keinerlei Wertbeimessung erfährt ...‹, sind Äußerungen, die immer wieder von Walter Vogel zu hören sind. Daß er in der Dunkelkammer Jahre seines Lebens verbracht hat, ist nicht übertrieben. Mit der gelochten Pappe, dem Wedel über den Vergrößerungsrahmen gebeugt, mit Entwicklung und Fixage beschäftigt. In den fünfziger Jahren gab es noch das reichhaltige Papierangebot der AGFA, ein Sortiment aus weißen, elfenbeinfarbenen und brauntonigen Oberflächen – Filigran, Seidenraster oder Kritallsyltex –, für die Portraitphotographie strukturierte Papiere. Originalprints auf Portriga-Rapid aus jener Zeit sind trotz mangelhafter Fixierchemie bis heute gut erhalten.

Trotz der Steinertschule, die ihren hervorragenden Ruf auch wegen des besonderen Werts genießt, der auf die kontrastreiche Ausprägung der Schwarzweißprints gelegt wurde, hat Walter Vogel seine in der Amateurzeit schon virtuos gehandhabte Printtechnik kaum verändert. Im Gegenteil, der Schüler hat seinem Lehrer gegenüber die provokante Meinung vertreten, auch der Bildinhalt müsse so stark sein, daß er selbst über einen mäßigen Druck keinen Bedeutungsverlust erfährt – der Umsetzung der eigenen Bilder in miserable Druckergebnisse für Wochenzeitschriften beispielsweise hat sich ja Steinert nie aussetzen müssen.

Walter Vogel war Ende der fünfziger, Anfang der sechziger Jahre an die dreißig Jahre alt. Ein gut verdienender Maschinenbauingenieur, Verfahrenstechniker in der chemischen Industrie. Das Wirtschaftswunder hätte er für sich wohl ohne weiteres gut nützen können. Wenn ihm nicht alles zu eng geworden wäre. Er brach aus, fing mit dreißig Jahren nochmals ganz von vorne an.

Otto Steinert war zu dieser Zeit bereits Lehrer an der Folkwang-Schule für Gestaltung in Essen. Zuvor hatte der promovierte Mediziner, der während des Zweiten Weltkriegs als Arzt in der Wehrmacht gedient hatte, die Einrichtung einer Abteilung für Photographie an der Staatlichen Saarländischen Schule für Kunst und Handwerk initiiert, wo er bis 1959 unterrichtete. Steinert war, was die Photographie betrifft, ein Autodidakt, hat selbst aber nicht nur mehrere Generationen von Photographen unterrichtet und beeinflußt, sondern auch methodische Ansätze zur Lehre der Photographie verfaßt: Strenge Bildkompositionen, starke Kontraste und eine Affinität zu Strukturen.

Für die Entwicklung der Photographie in Deutschland wurde Steinert immer wichtiger, er ermutigte nicht nur zu einer neuen, nicht mehr rein dokumentarischen Sichtweise, er formulierte auch das Credo, nach dem die subjektive Photographie ›alle Bereiche persönlichen Fotogestaltens‹ umfaßt, ›vom ungegenständlichen Fotogramm bis zur psychologisch vertieften und bildmäßig geformten Reportage‹. Prämisse wurde damit die Demonstration einer persönlichen Perspektive, eine unmißverständliche ästhetische Stellungnahme zu Wesen und Form der Photographie. Es ging um die ›schöpferische Kraft des Fotografen, der als einziger das Motiv in ein Bild verwandeln kann‹.

Zu diesem Lehrer mit dieser kompromißlosen Position zur Photographie ging Walter Vogel als erwachsener Mann, als erfahrener Photograph, wiewohl als Amateur. Seine Arbeiten bisher waren geprägt von einer Bescheidenheit der Mittel, die ihn – möglicherweise durch eine pragmatisch angeeignete Anspruchslosigkeit – zu einzigartigen Ergebnissen geführt hatte. Ergebnisse, die er mit der Ausweitung der Mittel ebenso wie mit dem theoretischen Unterbau, den er sich an dieser Schule nun erarbeiten sollte, von neuem wieder erringen mußte.

Was in Walter Vogels Arbeit besonders ins Auge sticht, ist nicht nur die hohe Qualität seiner Bilder, was Motiv, Ausschnitt und Ausarbeitung betrifft. Was offenbar wird – und das in hohem Maß bereits in den frühen Arbeiten –, ist das ungeheure Engagement, das hinter den Bildern steht. Eine Art archaische Grundform der Photographie, die sich nicht über technischen Firlefanz definiert, sondern über das Auge, seine Individualität, seinen persönlichen Einsatz für jedes Bild eben. Es ist auch eine Art Naivität, etwas wie ein kindliches Staunen darüber, was diese Welt zu zeigen hat und sich damit als Bild für immer einzuprägen imstande ist.

Daß sich für diese Sichtweise die Schwarzweißphotographie in Walter Vogels Arbeit als einzig mögliche herausgestellt hat, versteht sich von selbst. Nur darin liegt die tiefere Wahrheit, weil sie vom Geschehen nicht ablenkt, wie das die Farbe tut. ›Buntphotographie‹, das ist eine geschwätzige Linse, die die Zerreißprobe zwischen wahrem Ausdruck und einem unverfälschten Protokoll der Wirklichkeit schwerlich bestehen kann. Dazu kommt selbstverständlich wieder die Arbeit in der Dunkelkammer, die die Möglichkeit gibt, den schwarzweißen Eckdaten die nuancenreiche Skala an Grautönen hinzuzufügen. Harte Kontraste werden hier zu einem gewaltigen Akkord, der dem Bild jene Lebendigkeit gibt, die das Motiv ursprünglich anbot. Der dem Bild auch jenes Leben gibt, das der Photograph subjektiv im Motiv erkannt hat.

Früh hat Walter Vogel begonnen, Motive vor der eigenen Haustür zu finden. Im Ruhrgebiet also, an den Gestaden der Stahlkonzerne mit ihren Türmen, die verrotteten Pfeilspitzen gleich ihr Ziel nicht mehr erreichen, in staubgeschwängerter Region. Er hatte sich aufgemacht, Stücke aus diesem Gefüge zu brechen, um sie zu Bildern zu formen. Ein Labyrinth aus Überführungen und Tunnels, Schrottplätzen und Bahngleisen, von Stahlbrücken und Hochöfen. Aber auch von Gärten in diesem Niemandsland, in denen, den Wundern dieser Welt zufolge, aufs neue Leben sprießt: ›Tomaten reiften tatsächlich rot, Tauben wurden flügge und kehrten über die Schlote zu ihrem Schlag zurück. Dazwischen Menschen in den sie umzingelnden Kulissen, schrill und überraschend wie das Schornsteinfegerpaar, Mädchen in messerscharfen Jeans beim Flanieren, eine Pizzabude, die verführerischen Backduft verströmt, bei Charly glimmen schon vormittags die roten Lämpchen …‹ Eine Kuhherde vor rauchenden Schloten. – Walter Vogels Sucht nach infernalischen Kontrasten entsprang dem Willen, puren Naturalismus zu durchbrechen und an seine Stelle die Poesie des Lebendigen zu setzen. Dazu zählt auch die scheinbare Deplaziertheit der Kommunionskinder in ihren blütenweißen Kleidchen und aus Blumen geflochtenen Kränzen vor dem barbarischen Schmutz ihres heimatlichen Umfeldes.

1964 beabsichtigte der Verlag Econ, einen Bildband über das Ruhrgebiet herauszubringen und hatte Otto Steinert als Gestalter und Bildbeschaffer engagiert. Ein Buch wider das Klischee vom ›Kohlenpott‹ – in dem es keinen Baum, keinen Strauch gibt, der nicht von Abgasen angefressen, keinen Fluß, keinen Tümpel, in dem sich noch irgend ein Leben regt, Menschen, von der harten Arbeit gezeichnet – sollte entstehen. Steinert hatte auch seinen Schüler Vogel dazu ausersehen, an diesem Buch mitzuwirken: ›Nicht eben frohgemut betrat ich nach dem Unterricht sein Arbeitszimmer, Steinert hatte mich zu sich gebeten, ein Aufforderung, die für gewöhnlich nichts Gutes bedeutete. Doch diesmal schien er gnädig gestimmt, blies ein bläuliches Gewölk, das er aus einer großkalibrigen Zigarre heraussaugte, gegen die Decke und also sprach der Herr: ›Vogel, so komme ich nicht weiter! Mir fehlt‹ – Kommilitonen waren vor mir bereits im Einsatz – ›Duisburg, die Grugallehalle bei Nacht und das Essener Theater und und und …‹ Eine Auftragsarbeit also, die er mir da schmackhaft machen wollte, die auch ein paar Hunderter in meine Studienkasse zaubern sollte. Ich sage schmackhaft und vermeide bewußt das Wort Ehre, um deutlich zu machen, welch Eselei über bucklige Straßen mich monatelang in Atem halten sollte.

Mit größter Entschlossenheit ging ich ans Werk, fertigte einen Lageplan, auf dem ich meine Verpflichtungen markierte, um in ihrer Aneinanderreihung eine möglichst ökonomische Fahrweise zu erreichen. Die mir außerdem Zeit ließ, meinen ureigensten Interessen nachzugehen, Milieus aufzuspüren, die später auch keine Gnade bei dem sonst vorurteilslos wählenden Steinert fanden.‹ Im Ruhrgebiet wurde es geradezu seine Sucht, den Winzling Mensch zu den gigantischen Industrieanlagen in Kontrast zu stellen – oder mit Natur in Einklang zu bringen, wie die Kühe vor der Ruhrkulisse. Milchspender vor dreckspuckenden Anlagen.

Daneben die kleinen Vergnügungen, die vermeintlichen Idyllen der Freiheit – Jahrmarkt, Zirkus. Die Clowns mit ihren derben Späßen, eine das Rund der Manege sprengende Horde von Elefanten, die ihre dicken Verdauungsbatzen ungeniert in das Sägemehl des Bodens plumpsen ließen: Der in Hannover gastierende Spanische National Circus mit seinem faszinierenden Geschehen unter dem Zeltdach sollte für den Steinertschüler, dem die

Realisierung ›irgendeines Themas‹ nahegelegt wurde, die Versinnlichung des bereits einmal Geträumten werden. In über einem Jahr im Bann deren Tiere und Artistik entstanden jene raren Momente im Leben eines Photographen, in denen sich alles zum Besten fügt. ›Über die Wochenenden parkte ich meinen Volkswagen zwischen die Wohnwagen, ordnete meine Schlafstelle und hörte nachts, an die Grenze des Reiches der Träume gelangt, das Rumoren der Tiere, Löwenbrüllen, Flüstern und Lachen der nach der Abendvorstellung aufgekratzten Artisten, böse Streitereien zwischen den armen Hunden, die für Auf- und Abbau verantwortlich waren. Ich durfte einen Blick hinter die Kulissen tun, herumschnüffeln in dem geheimnisvollen Raum hinter dem Vorhang, in dem es meist hektisch zuging, wenn Roß oder Elefant den Rückwärts- mit dem Vorwärtsgang verwechselte. Und Señorita Mara überreden, ihr Trapez über den Tag abzuseilen, um darüber die Leica mit elektromagnetischer Fernauslösung zu montieren – ein Schuß! Ein sensationelles Bild aus der Zirkuskuppel! So auch war das Taubenfoto mit Señora Elena Ben Salem abgesprochen – einen Schritt durch den Vorhang in die Manege, im Zuschauerraum gegenüber öffnete sich der Korb, durchquerte der gefiederte Schwarm die Zeltkuppel, um sich bei seiner Herrin niederzulassen.‹

Die Motive vor der Tür – dazu zählen auch Walter Vogels Bilder aus Düsseldorf, das sich im Lauf der fünfziger Jahre und Anfang der sechziger Jahre als wahres Ferment für eine nicht geringe Schar von Künstlern und Selbstdarstellern herausstellte. Die Galerie Schmela, das Creamcheese, später Daniel Spoerris Eat-Art-Restaurant. Happenings und Performances, die oft wohl mehr dem Zweck dienten, den in derlei Künsten unerfahrenen Bürger zu schockieren, veränderten auch Vogels Photographie: Es war nicht mehr die zeitraubende Suche, sondern die terminliche Ankündigung und räumliche Fixierung von Aktionen, die ihn und seine Kamera hinauslockten. Rasant wechselnde Szenen, das unkontrollierbare Vor und Zurück der Personen, sich veränderndes Licht und die Enge der Räume machten diese Serie zu einer hervorragenden Übung für die persönliche Entwicklung zum Reportagephotographen: ›Gelassen zündete sich Goldmaske eine Zigarette an – das Kunstobjekt Beuys mit menschlichen Regungen, gelassen hatte er ausgeharrt auf Schmelas einzigem Büroschrank, den toten Hasen auf seinen Knien – und ließ sich anstarren. Verhaltenes Flüstern wie bei einem Gottesdienst in dem Galerieraum mit den Abmessungen einer Mönchszelle. Als Pendant zum goldseimigen Antlitz waren Blechkufen unter seine Füße geschnallt, die er von Mal zu Mal auf den blechernen Untergrund trat. Unwirklich die Szene, in der sich das vordrängelnde Publikum entscheiden mußte, ob es nun kichern oder lieber vor Andacht die Hände falten sollte. Diese Performance, längst Legende, nimmt ... einen hervorragenden Platz unter den noch folgenden ein. – Ich hatte bis zu diesem Erlebnis‹, erzählt Walter Vogel, ›nicht den blassesten Schimmer. Beuys – na und? – kam mir zunächst vor wie diese goldgepuderten Fabelwesen, die sich Dinos nannten und im Spanischen Circus aufgetreten waren. Es wurden goldene Jahre ungebremster Lebensfreude, des Überschwangs der Gefühle und unerhörter Kreativität. Ein Labyrinth von Kneipen und Bars tat sich auf, von Restaurants und Discotheken, das Creamcheese waren es und Mora's Lovers Club zu später Stunde. Nach dem Schmalspurdasein der fünfziger Jahre und deren Prüderie explodierte das Gemüt, zog es mich in einen Pulk von Künstlern und Liebhabern dieser Szenerie, in einen Aktionismus von Happenings und Parties und das während der Semester unter strenger Fuchtel eines preußischen Professors.‹

Walter Vogel ist weit davon entfernt – und jedes seiner Bilder tritt einzeln und für sich allein gültig den Beweis an –, das frühe Deutschland und damit seine eigene Frühzeit als Photograph romantisieren zu wollen. Diese Koinzidenz der Zeit hat er genutzt, ohne egozentrisch zu meinen, sie sei für ihn geschaffen worden. Walter Vogels Schau durch den Sucher ist ein exemplarisches Erkennen des Individuums und seiner Welt. Sie ist geprägt von Direktheit ohne Distanzverlust bei Menschen, von Zorn, wenn es um das rüde Verschwindenlassen von Substanz geht. Er ist in der Lage, in der je rezenten Vielfalt globaler Katastrophen die ›unendliche Zahl der kleinen Dramen‹ zu sehen. Er ist – um einmal mehr Peter Sager zu bemühen – ›ein zorniger Flaneur mit der Kamera‹.

Walter Vogel wird siebzig Jahre alt. Zeit für den Lehnstuhl? Zeit, auszuruhen und Resümee zu ziehen über ein reiches Leben, das geprägt ist von unendlich vielen Bildern? Weit gefehlt. Denn Walter Vogel ist ein Nimmermüder, dem die Ideen für Neues nicht abhanden kommen. Seine Anfänge zu beleuchten, sein damaliges Umfeld, ist nicht Abschluß, nicht Abrundung eines großen Œuvres. Es ist die – längst fällige, lange herbeigesehnte und endlich verwirklichte – Skizze dessen, was den Nährboden seiner Arbeit ausmacht. Einer Arbeit, die bereits ein halbes Jahrhundert währt und sich beständig weiterentwickelt. Walter Vogel zählt heute zu den großen Reportagephotographen Deutschlands. Diese Positionierung in der Gegenwart ist sichtbar bereits für seine Anfänge gültig. Den Beweis erbringen die Bilder in diesem Buch.

Links:
Kinder vor einem Bunker in Wersten.
Düsseldorf, 1954

Unten:
Beim Rather Bunker. Düsseldorf, 1954

Seite 2:
Hinter dem Rather Bunker, in dem noch bis in die Mitte der fünfziger Jahre Obdachlose durch den Bombenkrieg untergebracht waren. Düsseldorf, 1954

Seite 4:
Walter Vogel, Selbstportrait mit der Leica II f im elterlichen Badezimmerspiegel. Düsseldorf, 1955

Seite 9:
Mädchen in Kommunionskleidern im Hinterhof des Eckhauses an der Hubertusstraße, im Hintergrund die August-Thyssen-Hütte. Duisburg-Bruckhausen, 1965

Gegenüber:
Nachkriegsbehausung an der Kreuzung Blumenstraße und heutiger Berliner-Allee. Düsseldorf, 1955

Oben und rechts:
Vor der heute nicht mehr existierenden Gutehoffnungshütte in Sterkrade. Oberhausen, 1965

Gegenüber:
In der ebenfalls nicht mehr existierenden Kupferhütten-Siedlung. Duisburg-Hochfeld, 1965

Oben:
Im Stadtteil St. Pauli. Hamburg, 1963

Rechts:
Straßenzug in Wuppertal-Elberfeld. Wuppertal, 1959

Gegenüber:
Schornsteinfeger unterwegs auf der Kaiser-Wilhelm-Straße; im Hintergrund die August-Thyssen-Hütte. Duisburg-Bruckhausen, 1965

S
P
mode

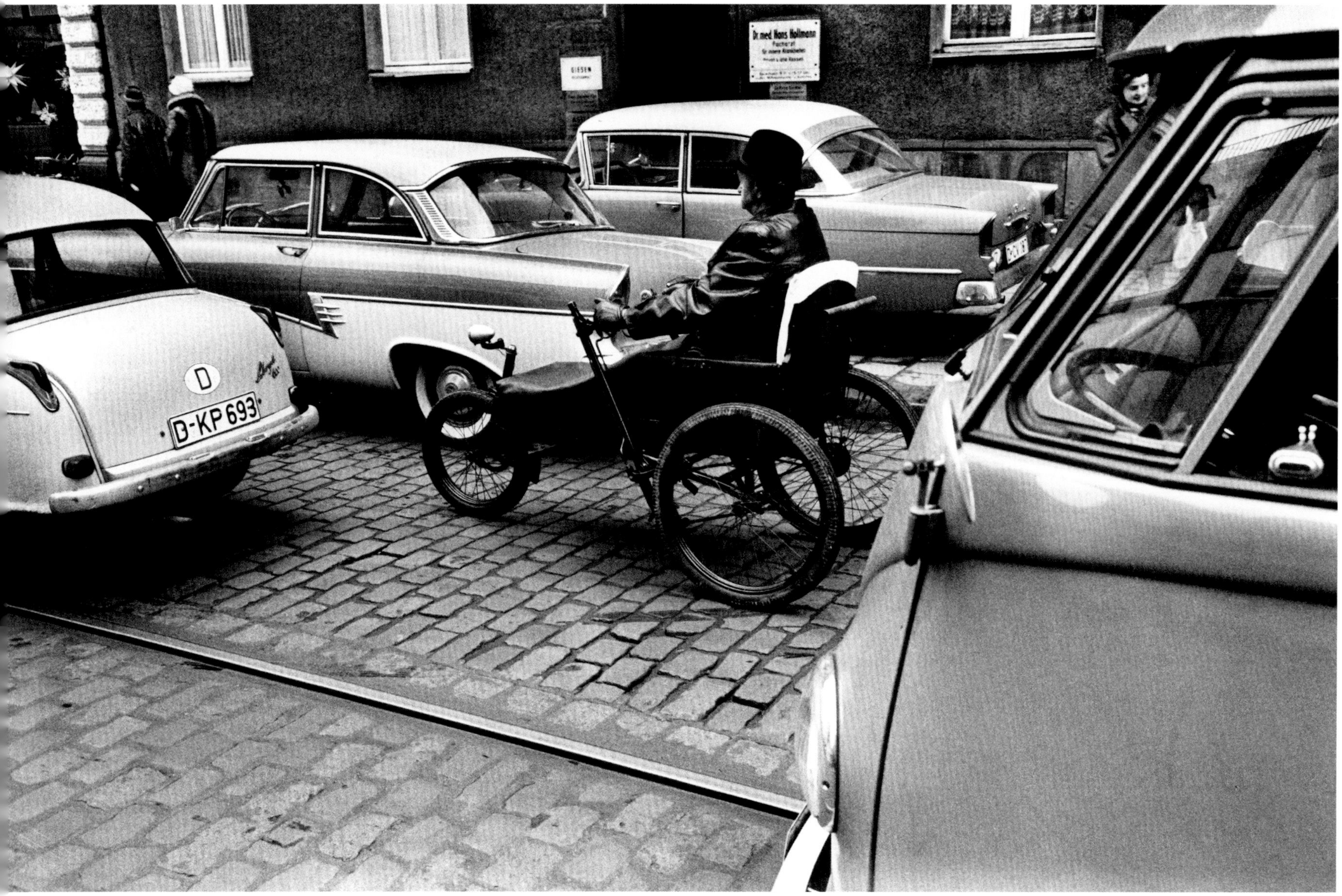

Oben:
Ein Kriegsversehrter im Straßenverkehr.
Düsseldorf, um 1958

Rechts:
Fenster eines ausgebombten, aber bewohnten Hauses. Düsseldorf, 1955

Unten:
In der Kupferhütten-Siedlung. Duisburg-Hochfeld, 1965

Rechts:
Im Kaufhof. Düsseldorf, 1959

Unten:
In der Straßenbahnlinie 17. Düsseldorf, 1957

Gegenüber:
In der Straßenbahn. Düsseldorf, 1956

Oben:
Der erste Schultag. Düsseldorf-Gerresheim, 1954

Rechts:
Im Stadtteil Gerresheim. Düsseldorf, 1960

Gegenüber oben:
Kinder im Ruhrgebiet. 1961

Gegenüber unten:
Im Kaufhof. Düsseldorf, 1959

Oben:
Auf der Königsallee: »Düsseldorfer Radschläger«.
Düsseldorf, 1959

Gegenüber:
Spielplatz an der Oststraße. Düsseldorf, 1957

Oben:
Straßenszene mit Kindern. Düsseldorf, 1954

Beim Frühstück im Schlafzimmer der Eltern des Photographen. Düsseldorf, 1955

Oben:
Vier Freunde. Düsseldorf, 1960

Rechts:
Auf der Kirmes. Düsseldorf, 1959

Gegenüber:
Junger Rennplatzbesucher. Düsseldorf, 1954

Oben:
Großdiesel-Motorenbau bei Krupp. Essen, 1965

Rechts:
Am Hochofen in der Rheinstahl Gießerei AG.
Mülheim an der Ruhr, 1965

Gegenüber:
Gutehoffnungshütte in Sterkrade. Oberhausen, 1965

Oben und gegenüber:
Waschkaue und Umkleideraum der Rheinstahl Gießerei AG. Mülheim an der Ruhr, 1965

Ein Lotse geht an Bord eines Lastschiffs, das am Rhein in südlicher Richtung unterwegs ist; im Hintergrund die Burg Kaub. Kaub am Rhein, 1969

Oben und gegenüber:
Zuchttierschau bei Marl-Huls. 1965

Rechts:
Im Ziegenstall eines Bauernhofes bei Castrop-Rauxel. 1965

RING
5

Blick vom Ruhrdamm im Stadtteil Ruhrort Richtung Norden. Duisburg, 1965

Im Frankfurter Zoo. 1963

Im Schloßpark Schwetzingen. 1967

Unten und gegenüber:
Im Tiergarten Stellingen. Hamburg, 1963

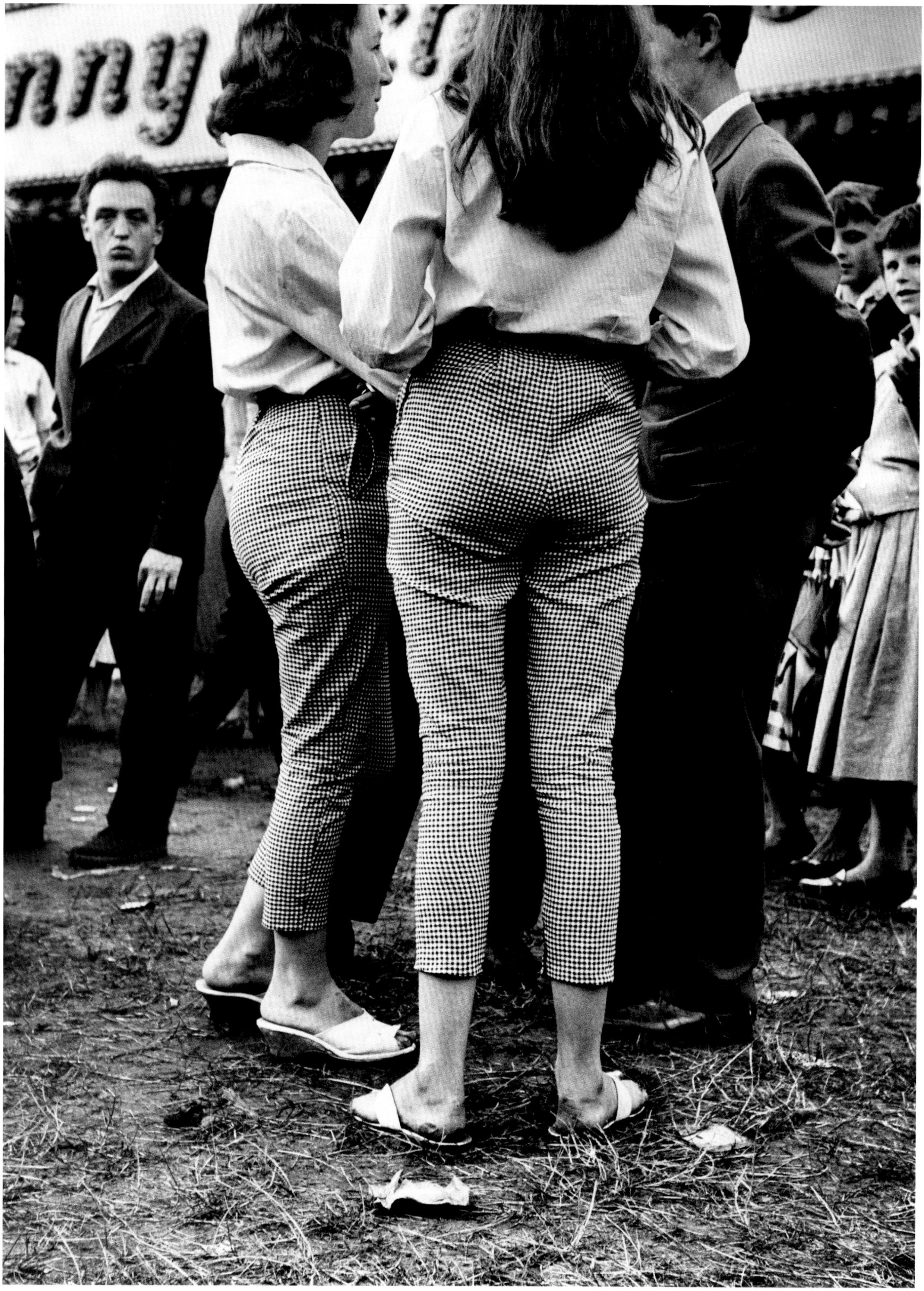

Gegenüber:
Düsseldorfer Kirmes. 1956

Oben und links:
Auf einem Düsseldorfer Schulhof. 1957

Düsseldorfer Kirmes. 1956

*Düsseldorfer Kirmes. 1959 (oben)
und 1955 (gegenüber)*

Düsseldorfer Kirmes. 1955 (links und unten) und 1954 (gegenüber)

Gegenüber:
Der spanische National-Circus zu Gast in Koblenz: Clown Fred Enders vor der zerbombten Stadtkulisse. 1965

Oben:
Spanischer National-Circus zu Gast in Koblenz. Günter Gebel-Williams (links im Bild) nach seiner Tiger-Dressur. 1964

Rechts:
Spanischer National-Circus zu Gast in Koblenz: Der Dompteur Pablo Noel. 1964

Folgende Doppelseite:
Zirkus Sarassani zu Gast in Düsseldorf: Löwen-Dressur mit Dompteur Dieter Farell. 1964

Oben:
Zuschauer im Spanischen National-Circus. Koblenz, 1964

Rechts:
Der Spanische National-Circus zu Gast in Koblenz: Ein Clown aus der Gruppe Emy-Goty-Canamon. 1964

Gegenüber:
Der Spanische National-Circus zu Gast in Koblenz: Clown Fred Enders. 1964

Der Spanische National-Circus zu Gast in Koblenz: Clown Fred Enders. 1964

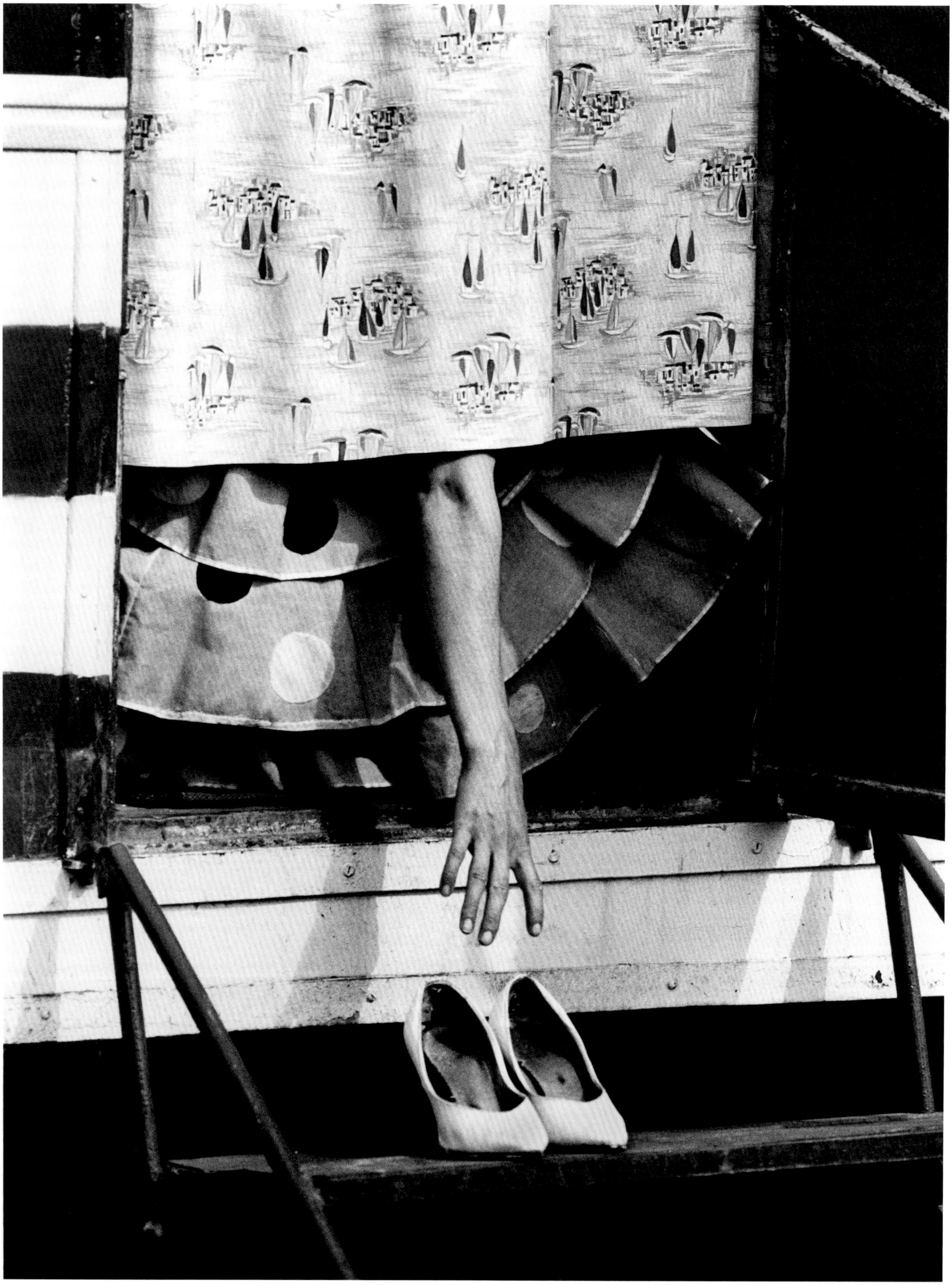

Gegenüber:
Der Spanische National-Circus: Flamenco-Tänzerin vor ihrem Auftritt. Hannover, 1964

Rechts und unten:
Der Spanische National-Circus: Señorita Mora, die weltbeste Trapezkünstlerin ihrer Zeit, bei ihren Vorbereitungen. Nienburg, 1964

Oben:
Der Spanische National-Circus: Trapezkünstlerin Señorita Mora beim »Fersenhang« ohne Netz und andere Hilfsmittel. Nienburg, 1964

Gegenüber:
Der Spanische National-Circus zu Gast in Koblenz: Clown Fred Enders. 1964

Gegenüber:
Finale im Spanischen National-Circus: Señorita Elena Ben Salem mit ihrer gefiederten Revue. Nienburg, 1964

Oben:
Der Spanische National-Circus: Der Zeltabbau, in mehreren Belichtungsphasen photographiert. Nienburg, 1964

Hühner-Hugo
n. Drinks
Dieterich
Gatzweiler's Alt
night-club
Hühner-Hugo

Gegenüber:
»Hühner-Hugo« in der Altstadt. Düsseldorf, 1967

Oben und rechts:
Kneipenatmosphäre im Ruhrgebiet. 1965

Oben, rechts, gegenüber sowie folgende Doppelseite: Schützenverein in der Nähe von Dortmund. 1965

Oben:
Feierabend in einer Fabrikssiedlung im Ruhrgebiet. 1965

Rechts:
Am Schürmannshof bei Duisburg. 1965

Folgende Doppelseite:
Schrebergarten am Schürmannshof bei Duisburg. 1965

Oben, links und gegenüber:
Im Gruga-Bad. Essen, 1965

Unten:
Im Gruga-Bad. Essen, 1965

Rechts:
Schulausflug an den Rhein-Herne-Kanal. Herne, 1965

Oben links:
Auf der Trabrennbahn. Gelsenkirchen, 1965

Oben rechts:
Auf der Pferderennbahn Grafenberg. Düsseldorf, 1965

Rechts:
Im Rheinstadion. Düsseldorf, 1955

Fußballspieler in der Nähe von Gelsenkirchen. 1965

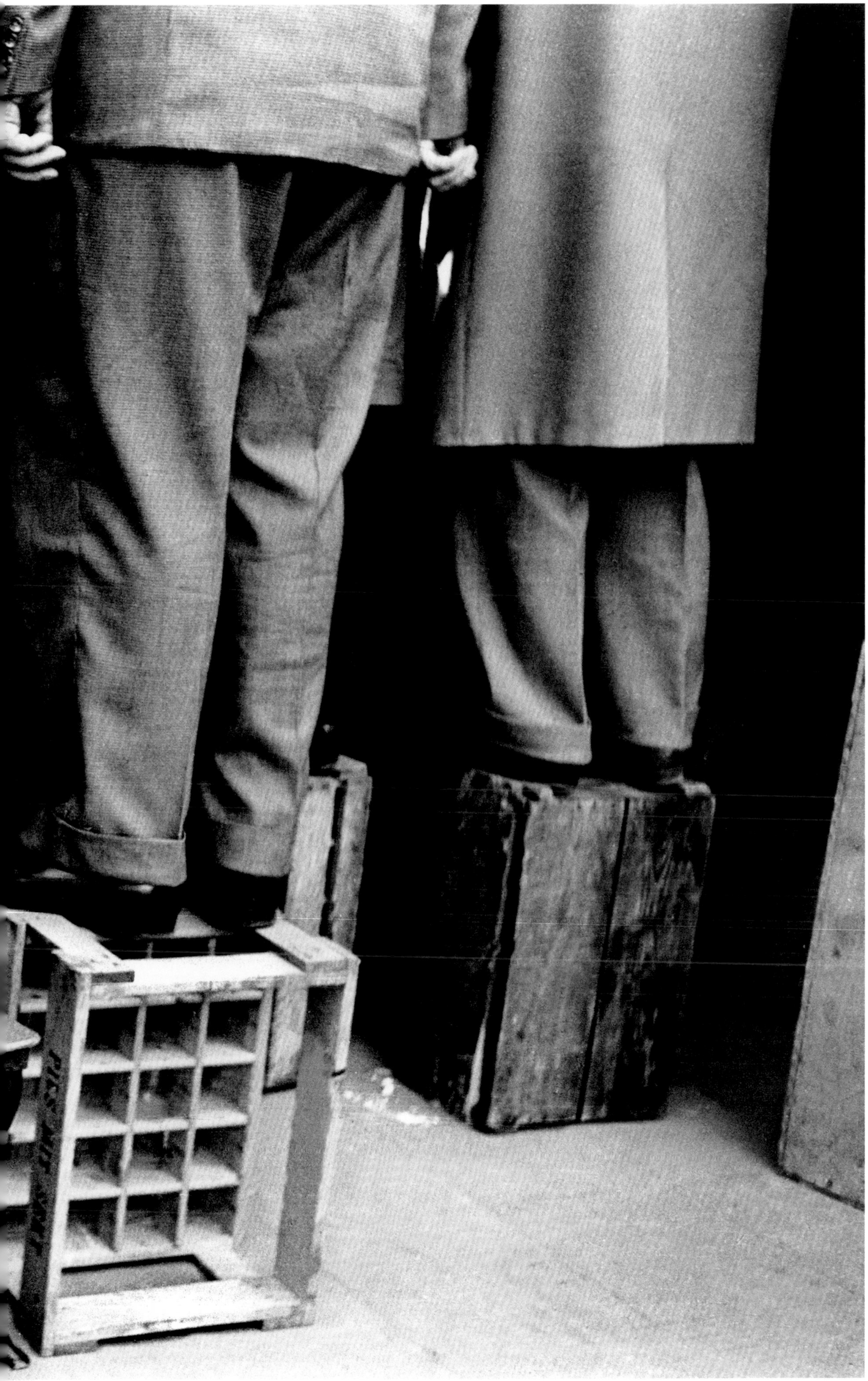

Im Rheinstadion. Düsseldorf, 1955

Oben:
Einer Photographin über die Schulter geschaut: Erste Modephotographien vor den bombenbeschädigten Säulen des Ehrenhofes. Düsseldorf, 1951

Gegenüber:
Modeschau im Rheinstadion. Düsseldorf, 1955

Gegenüber und diese Seite:
Bewegungs- und Tanztraining der verschiedenen Fachabteilungen der Hochschule für Musik—Theater—Tanz in Essen-Werden. 1966

Gegenüber:
Pina Bausch beim Training mit dem Tänzer und Choreographen Hans Züllig (vorne im Bild) in der Hochschule für Musik–Theater–Tanz in Essen-Werden. 1966

Unten:
Pina Bausch beim Training in der Folkwang-Schule in Essen. 1966

Gegenüber oben:
Sidney Bechet in der Rheinhalle. Düsseldorf, 1959

Gegenüber unten:
Tanzveranstaltung im Rheingold-Saal. Düsseldorf, 1959

Oben:
Warteschlange an einer Kinokasse. Düsseldorf, 1959

Oben und rechts:
Happening des Joseph-Beuys-Schülers Klaus Altmann auf dem Bahnhofsvorplatz. Düsseldorf, um 1965

Oben:
Happening des New Yorker Künstler-Paares Yvonne Rainer (Tänzerin) und Bob Morris (Bildhauer) in der Aula der Kunstakademie; hinter der Tafel: Bob Morris.
Düsseldorf, 1964

Rechts:
Eröffnung von Mora's Boutique neben dem Creamcheese.
Düsseldorf, um 1967

Links und gegenüber:
In der Ausstellung des Zero-Künstlers Heinz Mack in der Kunsthalle. Düsseldorf, um 1966

Oben:
»Hommage à Schmela«, eine Aktion verschiedener Künstler zur Schließung der Alten Galerie Schmela; im Bild: Heinz Mack bei seiner Installation. Düsseldorf, 1966

Rechts:
Zuschauer während einer Filmvorführung des Zero-Künstlers Otto Piene, in der Bildmitte unten die Galeristin Monika Schmela. Düsseldorf, 1966

Links oben und unten:
Happenings des Zero-Künstlers Otto Piene in Bochum und Dortmund. Um 1966

Oben:
Happening des Zero-Künstlers Otto Piene auf den Rheinwiesen bei Düsseldorf-Oberkassel. Um 1967

Oben:
Aktion »Manresa« von Joseph Beuys im Rahmen der »Hommage à Schmela«. Düsseldorf, 1966

Rechts:
Joseph und Eva Beuys, rechts die Künstlerin Katharina Sieverding. Düsseldorf, 1966

Die Aktion Joseph Beuys' »Manresa« in der Alten Galerie Schmela. Düsseldorf, 1966

Gegenüber und oben:
Die Aktion Joseph Beuys' »Wie man dem toten Hasen die Bilder erklärt« in der Alten Galerie Schmela. Düsseldorf, 1965

Rechts:
Joseph Beuys und der Galerist Alfred Schmela im »Spoerri«, der von Daniel Spoerri gegründeten Künstlerkneipe am Burgplatz. Düsseldorf, 1968

Finale der Alten Galerie Schmela in der Hunsrücken-Straße.
Düsseldorf, 1966

Biographie

1932
in Düsseldorf geboren, begann Walter Vogel bereits

1950
zu photographieren, fügte sich jedoch dem Wunsch der Eltern, eine Ausbildung zum Ingenieur zu absolvieren. Die technische Laufbahn nahm ihn bis

1963
in Anspruch, jenem Jahr, in dem er in die Folkwang-Schule eintrat. Nach seinem Examen bei Dr. Otto Steinert, das die Themen Ruhrgebiet, Circus, Genua sowie Portraitbilder der Künstlerszene Düsseldorfs umfaßte, wandte er sich

1968
der Reportagephotographie zu, die ihn auf ausgedehnte Reisen in afrikanische und asiatische Länder und zu einem essayhaften Œuvre der Städte New York, Lüttich und Paris führte. Mit dem Umzug

1977
nach Frankfurt entstanden Text-Bild-Geschichten, unter anderem über die Kunst der Travestie und Kultur der italienischen Caffè-Bars. Reisen nach Bombay und Paris folgten. Ab dem Jahr

1993
erschien vor allem im Verlag Christian Brandstätter eine Reihe außergewöhnlicher Photographiebücher von Walter Vogel, darunter *Espresso*, das mit über 15 000 verkauften Exemplaren einen veritablen Bestseller der Schwarzweiß-Photographie darstellt.

Walter Vogel lebt in Düsseldorf.

Bibliographie

For Sale
48 Seiten mit 33 Abb. Eigenverlag: Frankfurt 1980

Abschied von gestern · Das neue Gesicht der Bundesrepublik Deutschland
176 Seiten mit 152 Abb. Orac: Wien 1984

Espresso · Caffè-Bars in Italien
112 Seiten mit 100 Abb. Brandstätter: Wien 1993

Die Schönen der Nacht · Showstars & Travestie
128 Seiten mit 140 Abb. Brandstätter: Wien 1994

Das Café · Vom Reichtum europäischer Kaffeehauskultur
128 Seiten mit 130 Abb. Brandstätter: Wien 1995

bon appétit! · Von Bistros und Wirtshäusern, Trattorien und Restaurants de luxe
112 Seiten mit 100 Abb. Brandstätter: Wien 1997

Italien · Reisen in ein Bilderland
128 Seiten mit 156 Abb. Brandstätter: Wien 1999

Pina
127 Seiten mit 121 Abb. Ullstein/Quadriga: Berlin 2000

Die Wiener Staatsoper · Ein Blick hinter die Kulissen
Mitarbeit: Martina Paul. 120 Seiten mit 119 Abb. Henschel: Berlin 2001

Danksagung

Einige der in diesem Buch abgebildeten Photographien aus dem Ruhrgebiet entstammen einer Auftragsarbeit von Prof. Dr. Otto Steinert für das Werk *Begegnungen mit dem Ruhrgebiet,* Verlag Econ, 1966.
Walter Vogel dankt insbesondere jenen Unternehmen, die dem Photographen Innenansichten gestatteten.

Impressum

Die Deutsche Bibliothek - CIP-Einheitsaufnahme
Ein Titelsatz für diese Publikation ist bei
Der Deutschen Bibliothek erhältlich.

1. Auflage

Der Entwurf des Schutzumschlages stammt von Malwina Sohr, die graphische Gestaltung des Buches von Christian Brandstätter.
Die Reproduktion der Abbildungen erfolgte bei Pixelstorm, Wien, der Druck bei Grasl Druck & Neue Medien, Bad Vöslau.
Gesetzt wurde aus der Centaur MT und der Gill Sans.

ISBN 3-85498-195-3

Christian Brandstätter Verlagsgesellschaft m.b.H.
A-1010 Wien, Schwarzenbergstraße 5
Telephon (+43-1) 512 15 43-0
Fax (+43-1) 512 15 43-231
e-mail: cbv@oebv.co.at
Internet: www.brandstaetter-verlag.at